Narulu Keimáar
Heimgeliebt

Narulu Keimáar

Heimgeliebt

Und auf einmal blieb die Welt stehen …

R. G. Fischer Verlag

Bibliografische Information der Deutschen Nationalbibliothek:
Die Deutsche Nationalbibliothek verzeichnet diese Publikation in der Deutschen
Nationalbibliografie; detaillierte bibliografische Daten sind im Internet über
http://dnb.dnb.de abrufbar.

© 2019 by R. G. Fischer Verlag
Orber Str. 30, D-60386 Frankfurt/Main
Alle Rechte vorbehalten
Schriftart: Minion pro 12 pt
Herstellung: rgf/bf/1B
ISBN 978-3-8301-1808-4

Für meinen Mann Swen.
In tiefster Verbundenheit und ewiger Liebe.

Danke an meine wundervolle Freundin Gabi,
meine Lichtbringerin – danke für deine Gedanken,
Energien und Worte, die du für Swen mit
in dieses Buch gegeben hast.

… um sich dann wieder, aber anders zu drehen …

Die Polizei hat sich im Haus geirrt. Nein, das konnte doch nicht sein. Nicht hier bei uns. Ich war am 28. September, einem Mittwoch, unterwegs auf Praxistour, gerade mit meinem letzten Patienten fertig, der Behandlung eines Pferdes, und sah, dass mein ältester Sohn versucht hatte, mich anzurufen. Ich rief zurück und er gab mich weiter an einen Polizisten. Wo ich denn sei und wie lange ich noch brauchte, um nach Hause zu kommen? Ich war gerade in Neumünster und brauchte circa 52 Minuten. Klar, es wurde nicht am Telefon gesagt, um was es ging. Aber in meinem Kopf schrillten schon alle Alarmglocken. Ich fühlte zu allen mir verbundenen Menschen, da war keine Leere. Es fühlte sich an wie immer.

Ich raste nach Hause. Ein Polizeiauto wartete auf mich vor unserem Haus. Ein junges Polizistenpärchen geleitete mich ins Haus, um mir dort nach der Sitzaufforderung mitzuteilen, dass mein Mann während des Autofahrens einen Herzinfarkt erlitten hatte und nicht mehr reanimiert werden konnte. Nein, dachte ich, Swen doch nicht. Er ist 45 Jahre. Die Polizei hat sich im Haus geirrt, das kann doch gar nicht sein. Falsche Tür, falsche Straße, falscher Ort. Alles falsch. Falscher Film …

Wie Gedanken und Emotionen durcheinander rasen können, erlebte ich in den nächsten Stunden. Kinder trösten, soweit sie es zuließen, sich selbst nicht verlieren, so weit es ging. Stark sein.

Meine Mutter legte über Nacht 800 km zurück, um am nächsten Morgen bei mir zu sein. Selbst am Boden zerstört und mit einer Geschichte im Gepäck, die ähnlich und noch nicht aufgelöst war, stand sie morgens in der Tür; fertig und tränenüberströmt. Wer sollte da Hilfe sein für wen?

Die nächsten Tage waren schrecklich. Ich selbst, verloren in Emotionen, wurde mit ehrlichem Mitgefühl und genauso schockierten Blicken und Worten überschwemmt. Teilweise waren die gut gemeinten Ratschläge zu viel. Die unzähligen Karten konnte ich erst Wochen später öffnen.

Wir entschlossen uns zu einer Trauerfeier ohne Urne. Es waren so unglaublich viele Menschen da, um uns beizustehen, dass es mich trotz allem überwältigte. Es tat gut, mit ihnen Swen auf diese Art zu verabschieden. Mit einem wunderschönen Foto am Strand von unserem letzten Urlaub, einer Sandschale, um Rosen darin abzulegen, und ergreifenden Worten unserer Trauerrednerin, die alles so lebhaft erscheinen ließen. Gefühle und Traurigkeiten bahnten sich ihren Weg, aber es tat so gut, all die Menschen mit ihrer Anteilnahme zu spüren.

Es gab viel zu erledigen, auch die Praxis sollte irgendwann weitergehen. Nach langem Hin und Her entschloss ich mich, die für Mitte Oktober geplante Studienreise, bei der ich als Dozentin tätig sein sollte, anzutreten. Mit meiner Mutter und den Kindern im Gepäck war es ein Unterricht, der besser hätte nicht sein können und der auch für mich wichtig und richtig war. Nicht nur ein »von-zu-Hause-ausbrechen«, sondern auch ein »sich-wieder-finden« in meiner geliebten Arbeit. Nicht nur die Teilnehmer haben von diesen zehn Tagen profitiert. Auch ich fand meinen Mittelpunkt wieder und konnte Kraft aus meinem Tun schöpfen. Hier stellte ich fest, wie wichtig es ist, dass ich nicht nur einen Beruf habe, sondern meiner inneren Berufung gefolgt war. Zu Hause wurde ich dann gefragt, wie es mir denn geht? Manchmal traute ich es gar nicht zu sagen, aber dadurch, dass ich Swen immer spüren konnte und in Meditationen auch reden hörte, ging es mir gut. Ich stand erst dazu, als ich das Buch von Dr. Lothar Hollerbach »Es gibt keinen Tod« in Händen hielt. Erst da konnte ich sagen: »Es geht mir gut. Ich weiß, dass das Leben weitergeht und der Tod nicht das Ende ist. Ich kann damit umgehen. Und wie geht es Ihnen?« Einige konnten das nicht verstehen. Doch als energetisch arbeitende Tierärztin, die eh schon »mit den Tieren redet«, wurde mir das wohl nachgesehen. Für mich kam das in der Ecke sitzen nicht in Frage. Ich war so voller Tatendrang und so bei mir, dass ich Swens Energie jeden Tag neu in mir spürte. Ich verwandelte den Schrecken in Kraft, in unsagbare Kraft. Jeden Morgen vor dem Aufstehen visualisierte ich Details und Bilder. Ich schuf mir meine Wirklichkeit der Zukunft. Ich spann mit Swen zusammen die Zukunft für unsere Kinder und mich.

Beim Lesen ähnlicher Bücher nahm ich all die positiven Worte und sog sie auf wie ein Schwamm. Das war meine geistige Nahrung. Ich fing wieder an »Der kleine Prinz« zu lesen oder Bücher von Paulo Coelho, John Streckely, Sergio Bambaren oder Haemin Sunim, die so viele Lebensweisheiten beinhalten.

Da ich sehr naturverbunden bin, schickte mir das Universum Zeichen, die ich dankbar annahm. So setzte sich eines Tages nach Swens Tod ein Tagpfauenauge auf meinen Fuß, als ich in der Sonne saß und vor mich hin schluchzte. Wenige Tage nach der Trauerfeier saß wieder ein Tagpfauenauge an unserer Hauswand und wärmte sich an den Sonnenstrahlen. An meinem Geburtstag fand ich einen kleinen Plastikschmetterling am Strand und darüber hinaus ein tolles Geschenk von Swen: eine versteinerte Muschel – die einzige übrigens – ich suchte noch weitere zwei Stunden vergeblich!

Mein Geburtstag lag in der Zeit dieser Seminarreise und wir mussten jeden Morgen ein Feld überqueren, um am Strand unsere Meditationen machen zu können. Die Pferde liefen in diesem Pferch frei umher und störten sich nicht an den Menschen, die durch das Areal wanderten. Zu keiner Zeit war ein Pferd näher als 500 Meter. Aber an diesem Morgen standen zwei Pferde just auf unserem Weg und gratulierten mir an diesem Geburtstagsmorgen. Sie ließen sich sogar berühren und streicheln und begleiteten uns in Richtung Strand.

Zurück in Deutschland wurde mir an unserem Hochzeitstag durch eine Kundin ein wunderschöner Blumenstrauß überreicht – als Dank für ihre geheilten Pferde. Ich kenne sie nun schon über zehn Jahre, aber das hatte sie vorher noch nie gemacht … Zufall? Das denke ich nicht. Ich bin der Meinung, dass wir Geistführer im Jenseits haben. Wesenheiten, die wir nicht sehen, vielleicht aber spüren können oder aber wahrnehmen durch gute Taten von anderen. Wenn wir uns mit unserer inneren Stimme verbinden, können sie uns auf unserem Weg, den wir hier auf Erden gehen sollen, führen und geleiten.

Vielen Menschen fehlt diese innere Verbindung. Kein Wunder, können wir nur drei bis fünf Prozent der Materie sehen, die es überhaupt auf unserem Planeten gibt (Kepler, 1993). Ist es da nicht anmaßend von der materiellen Wissenschaft zu sagen, dass Swen nicht mehr da ist? Selbst Einstein hat schon bekundet, dass »es durchaus möglich ist, dass sich hinter unseren Sinneswahrnehmungen ganze Welten verbergen, von denen wir keine Ahnung haben«. Vieles lässt sich mit der Quantenphysik einfach und logisch erklären. Doch es reicht, wenn man einfach das Fühlen lernt oder auch erst einmal diese Ideen zulässt:

Der Geist des Verstorbenen ist überall, anstatt für immer an einem Ort.

Immer, wenn ich Swen brauche, verspüre ich viele intuitive Wahrnehmungen oder auch Stimmen, die mich leiten. Wenn ich zurückblicke auf mein Leben, sehe ich einen Weg, und zu jedem Zeitpunkt war dort ein Mensch, der mich an der Hand ein Stück mitgenommen hatte, der mir Ideen und Impulse gab, genau dann das Richtige zu tun. Jetzt ist die Zeit, hieß es dann immer. Und so konnte ich wachsen, durfte ich größer werden und dort stehen, wo ich jetzt bin.

Auch wenn man in der Anderswelt fühlen und hören kann, so bleibt doch das Gefühl, dass man ab und an alleine ist. Die Leere spüre ich dann, weil ich Erlebnisse, Sonnenuntergänge und schöne Bilder nicht mehr mit Swen teilen kann. Das gemeinsame Erleben, unsere Gedankenaustauschmomente in Teerunden, das Wort-Sparring, oder auch einfach das Kuscheln fehlen mir. Ich vermisse ihn als physischen Lebenspartner.

Einige Gedichte und Sätze der Trauerkarten gaben mir

sehr viel Kraft, weil sie im Ansatz doch das beschreiben, was
ich hier versuche zum Ausdruck zu bringen:

Du kannst Tränen vergießen,
weil er gegangen ist,
oder du kannst lächeln, weil er gelebt hat.
Du kannst deine Augen schließen und beten,
dass er zurückkommen wird,
oder du kannst die Augen öffnen und all das sehen,
was er hinterlassen hat.
Dein Herz kann leer sein,
weil du ihn nicht mehr sehen kannst,
oder dein Herz kann voll sein
von der Liebe, die ihr miteinander geteilt habt.
Du kannst dem Morgen den Rücken drehen
und im Gestern leben,
oder du kannst dankbar für das Morgen sein,
eben weil du das Gestern gehabt hast.
Du kannst immer nur daran denken,
dass er nicht mehr da ist,
oder du kannst die Erinnerung an ihn pflegen
und sie in dir weiterleben lassen.
Du kannst weinen und dich verschließen,
leer sein und dich abwenden,
oder du kannst tun, was er wünschen würde.
Wieder lächeln lernen
deine Augen öffnen,
lieben und leben.

Verfasser unbekannt

Therapie:

Höre dir den Text »Die Einladung« von Oriah Mountain Dreamer auf youtube an. Lass dich vom Universum entführen, von dem Spacesound berauschen. Verinnerliche den Text – lass dich mitnehmen auf die Reise, die Oriah Mountain Dreamer entfesselt. Die Seele und das Herz sollen verstehen ... Seelengefährten?

Das Leben arbeitet für dich und manchmal geschehen Dinge auf eine sonderbare, uns nicht erklärbare Art und Weise.
Erinnere dich in unsicheren Momenten daran, dass alles, was geschieht, einen Grund hat,
versuche dem Fluss des Lebens zu vertrauen.
Alles wird gut – weil alles gut ist!

Wenn du bei Nacht den Himmel anschaust, wird es dir sein, als lachten alle Sterne, weil ich auf einem von ihnen wohne, weil ich auf einem von ihnen lache. Du allein wirst Sterne haben, die lachen können!

Antoine de Saint-Exupéry

Der Haifischzahn –
es gibt keine Zufälle, nur Wunder

Wie kann das sein? Wie können sich zwei Menschen mit gleichen Zielen und Werten, mit fast ähnlichen Geschichten und dem gleichen Chaos im momentanen Leben begegnen? Gibt es das? Ohne voneinander zu wissen, ohne einen Hauch von Ahnung zu haben, dass dieser Mensch nur 30 Minuten entfernt wohnt, die Kinder in die gleiche Schule gehen, dass man die gleichen Vorlieben für bestimmte Gerichte und Getränke hat und stundenlang reden kann, als ob man sich schon Jahre kennt? Ist es denn jetzt schon richtig? Sollte das wirklich sein? Passt das?

Die Antworten kamen aus der Anderswelt ...

Ich sollte an einem Tag die Batterien an der Lampe in

meinem Kleiderschrank wechseln. Da der Bewegungsmelder an der Decke hing, brauchte ich etwas, um hochzusteigen. Der Sessel in der Ecke des Schlafzimmers schien mir geeignet. Also, her damit und hochgekraxelt. Doch so leicht ließ sich dieses Plastikding nicht lösen ... Fehlende Kraft und hoch genug war der Tritt auch nicht. Nun ja, unverrichteter Dinge parkte ich den Sessel wieder an seinem Platz, um nur Minuten später auf etwas Spitzes zu treten, das anscheinend bei meinem Manöver aus dem Korbsessel gefallen sein musste. Bei näherem Hinsehen entpuppte es sich als Haifischzahn ... stimmt, wir waren irgendwann einmal auf einem Flohmarkt gewesen und kauften diese Versteinerung, weil wir sie einem der Jungs schenken wollten. Swen steckte sie in seine Jeans ... und vergaß den Zahn herauszuholen. Die Hose wurde wohl über den Sessel gehängt und dabei muss der Zahn herausgefallen sein und sich in den Ruten des Korbsessels verfangen haben. Bei dem Umstellen und draufklettern war der Zahn dann herausgefallen, so dass er sich beim Drüberlaufen bemerkbar gemacht hatte und mir in den Fuß pikste ... Da ich einen Tag vorher so viele Fragen an das Universum gestellt hatte, bekam ich heute die Antwort dazu. Ich googelte unter dem Krafttier Haifisch und staunte nicht schlecht:

»Bei vielen Naturvölkern und Kulturen auf der Südhalb-
kugel, die an der Küste leben, nimmt der Hai seit jeher eine
zentrale Rolle ein. Besonders in der hawaiianischen Kultur
werden Haie seit jeher als heilig verehrt und respektiert.
Man sah in ihm nicht nur einen wertvollen Lieferanten für
Fleisch und Werkzeuge, sondern auch einen Boten von den
Geistern der Toten und auch die Wiedergeburt eventuell
verstorbener Familienmitglieder oder Clanangehöriger. Aus
diesem Grund sahen einige Küstenbewohner im Hai auch
eine Art Familiengott, der Familien zusammenführen kann.«
Also deutlicher kann eine Botschaft kaum sein, oder?

Von da an stellte ich das »neue« Zusammensein nie mehr
in Frage – es war gewollt, es war Fügung und es wurde ge-
lenkt, das stand fest. Und ich danke dem Universum und
allen Kräften der Anderswelt, dass es so gut für uns sorgt.

Wir stehen nie alleine! Wenn wir es zulassen, ist immer
Hilfe da – man muss nur lernen, die Zeichen zu lesen.

*»Was im Ton übereinstimmt, schwingt miteinander. Was wahl-
verwandt ist im innersten Wesen, das sucht einander.«*

I Ging

Therapie: Glaube an dich und dein Bauchgefühl

Ich möchte dir die Chakren (Kraftzentrum) näher bringen,
damit du erkennst, wieviel Kraft in dir steckt. Wenn du weißt,
welches Chakra gerade Hilfe braucht, weil der Energiefluss
nicht fließen kann, kannst du deinen gesamten Organismus
wieder anschieben und wirst in deine Kraft kommen.

Stelle dir bitte vor, du sitzt in einer Glaskugel, suche dir aus den sieben Chakren eine Farbe aus, bitte spontan, es wird die Farbe des Chakras sein, das gerade nicht im Fluss ist. Halte bildlich die farbige Kugel zwischen deinen Händen in Höhe des Chakra (z. B. gelb, oberhalb des Bauchnabels). Jetzt kannst du reisen, wohin du möchtest. Such dir etwas Schönes aus: erinnere dich an einen schönen Ort, eine gemeinsame Zeit, an etwas, das du in deinem Herzen trägst. Dann bist du schon mitten in der Meditation. Es ist so ein wunderschönes Gefühl von Freiheit. Nimm dir die Zeit, die du brauchst!

ROT – Das Wurzelchakra

Zentrale Themen:	Stabilität, Lebenswille, Sicherheit, Urvertrauen und Erdung
Sinnesfunktion:	Riechen
Element:	Erde
Affirmation:	Ich vertraue der Kraft der Erde und spüre meinen Körper

ORANGE – Das Sakralchakra

Zentrale Themen:	Sexualität, Sinnlichkeit, Kreativität und schöpferische Lebensenergie
Sinnesfunktion:	Schmecken
Element:	Wasser
Affirmation:	Ich genieße das Leben mit allen Sinnen

GELB – Das Nabelchakra (Solarplexus)

Zentrale Themen:	Willenskraft, Selbstvertrauen, Persönlichkeit, Gefühle, Sensibilität und Durchsetzungskraft
Sinnesfunktion:	Sehen
Element:	Feuer
Affirmation:	Ich vertraue meinen Gefühlen und meiner Spontanität

GRÜN/ ROSA – Das Herzchakra

Zentrale Themen:	Liebe, Mitgefühl, Menschlichkeit, Zuneigung, Geborgenheit, Offenheit, Toleranz und Herzensgüte
Sinnesfunktion:	Tasten
Element:	Luft
Affirmation:	Ich schenke mir und den Anderen Liebe und Mitgefühl

BLAU – Das Halschakra

Zentrale Themen:	Kommunikation, Wortbewusstsein, Inspiration, Wahrheit, mentale Kraft, Kreativität und Musikalität
Sinnesfunktion:	Hören
Element:	Äther
Affirmation:	Ich öffne mich für die Kraft der Wahrheit

DUNKELBLAU-VIOLETT – Das Stirnchakra

Zentrale Themen:	Intuition, Weisheit, Erkenntnis, Wahrnehmung, Phantasie, Vorstellungskraft und Selbsterkenntnis
Sinnesfunktion:	siebter Sinn, übersinnliche Wahrnehmung
Element:	—
Affirmation:	Ich öffne mich für mein inneres Licht

VIOLETT/ WEISS – Das Kronenchakra (Scheitelchakra)

Zentrale Themen:	Spiritualität, Erfahrung geistiger Welten, Erleuchtung, Selbstverwirklichung und Verbundenheit mit dem Kosmos
Sinnesfunktion:	Kosmisches Bewusstsein
Element:	—
Affirmation:	Ich bin bewusst in jedem Augenblick

Mut

Schwach ist, wenn man sich abschottet. Schwach ist, wenn man nicht den Mut hat, das einzufordern, was man will. Stark zu sein bedeutet, sich selbst zu kennen, seine eigenen Bedürfnisse wahrzunehmen, und sich nicht davor scheut, das einzufordern, was man wirklich will.

Der moralische Zeigefinger – Die Konventionen

Mein Schwarz trage ich nicht außen. Mein Schwarz sieht man nicht und ein Außenstehender bemerkt es nicht. Wenn ich außen auch noch schwarz tragen würde, könnte ich nicht mehr atmen, arbeiten oder leben. Doch es ist noch da. Manchmal größer, manchmal kleiner. Manchmal fühlt sich die Trauer an wie ein kleiner Schwelbrand, der sich weiterfressen möchte. An einem Tag bekommt man das Feuer gut gelöscht – auch alleine gelöscht – an anderen Tagen braucht man eine Feuerwehr, die das dann übernimmt. Wenn es ganz schlimm ist, fühlt es sich an wie ein schwarzes Loch, in das man hineingezogen wird. Und dann ist es gut, wenn man einen Wegbegleiter hat, der sowohl Feuerwehrmann als auch Kletterkünstler ist.

Wessen wir am meisten im Leben bedürfen, ist jemand, der uns dazu bringt, das zu tun, wozu wir fähig sind.

Ralph Waldo Emerson

Was denken denn die anderen …?

… wenn man sich jetzt, vier Monate später, mit einem Mann trifft? Eigentlich ist es ganz egal. Mir muss es gutgehen. Trauer ist Chaos und Ohnmacht – ich muss für mich wieder klar sehen und alles ist gut, was hilft. Egal, ob es den »Regeln« entspricht oder nicht. Wer braucht Konventionen, wenn man alleine vor einem Abgrund steht? Die halten nicht, geben keinen Trost und bieten nichts Persönliches.

Man selbst muss sich finden, man muss versuchen, damit den besten Umgang zu finden. Jeder trauert anders. Um Swen nahe zu sein, brauche ich keinen Friedhof, kein Grab, das ich besuche – ich finde ihn überall. In den Gebäuden meines Hauses spiegelt sich seine Fertigkeit und Seele wider. Ich fühle mich hier geborgen. In der Luft spüre ich seinen Atem, in den Sonnenstrahlen seine warme Umarmung, im Wasser seinen Charakter.

Ein Walnussbaum war das letzte, was wir gemeinsam besorgten. Er pflanzte ihn auf der Koppel ein – einen Tag später war Swen nicht mehr da. Der Baum wird wachsen und groß werden. Er wird mein Zeichen sein und die vielen Jahre überdauern, bis wir uns in einem anderen Leben wieder finden.

Der Schmerz hat recht,
und nur im Schmerze liegt,
was ihn tröstet, was ihn lindert.
Nicht ewig können wir besitzen,
doch ewig lieben ungehindert.
Und wo wir ewig lieben müssen
und wo wir hatten nie vergessen,
da wird der Schmerz verlorenen Glückes
zum Dank, dass wir es einst besessen.

Wilhelm Jordan

Neben der hier üblichen Trauerfarbe schwarz ist mir auch die Konvention eines Trauerjahres bekannt. Der Sinn dahinter war ein ganz anderer, gerade für Frauen. Bei Strafe der Infamie wurde laut des Konzeptes des Römischen Reiches Wert darauf gelegt, dass Trauerkleidung angezogen und nicht an Festlichkeiten teilgenommen wurde. »Während die

Trauerzeit dem verwitweten Ehemann sofort eine neue Ehe erlaubte, gestattete schon das ältere Römische Recht dies der Frau nicht vor Ablauf von 10 Monaten, um eine Ungewissheit über die Vaterschaft der nach dem Todesfall von der Witwe geborenen Kinder zu vermeiden.« Später wurde dieser Zeitraum auf ein volles Trauerjahr (*annus luctus*) verlängert. Dieses »Trauerjahr« wurde erst 1997 hier in Deutschland aus dem Ehegesetz verabschiedet!

Mittlerweile leben wir im 21. Jahrhundert. Man sollte meinen, auch die Ansichten entwickeln sich weiter.

Wenn es mir schlecht geht, dann steht da nicht die Moral, die mich in den Arm nimmt und drückt, dann steht da keine Moral, die mir auf den Rücken klopft und sagt, das wird schon wieder. Also warum sollte ich mir das antun? Nur damit das Gewissen der Leute beruhigt ist? Nur, damit ich nicht aus der Norm falle?

So kann ich nicht leben – ich lebe mein Leben, ich lebe nicht für andere! Mir muss es gut gehen, meinen Kindern muss es gut gehen und wenn es bedeutet, dass es wider alle Konventionen ist. Ich muss atmen, leben und arbeiten können, ich muss für meine Kinder Vorbild sein und ihnen zeigen, dass ein Leben nach dem Tod möglich ist: sowohl für uns als Hinterbliebene als auch dass ihr Papa da und nie vergessen ist. Selbst nach einem so großen Schmerz gibt es Liebe und Halt. Er wird immer da sein, uns helfen und beschützen.

Eva Terhorst weist in vielen ihrer Bücher darauf hin, dass man für den Verstorbenen einen inneren Platz einrichten kann. Man wird ihn zwar weiterhin vermissen, aber durch die Möglichkeit, ihn immer bei sich zu wissen, mit ihm in Kontakt zu treten, wann immer einem danach ist, erleichtert die Rückkehr in den Alltag. Bleibt man jedoch mit dem Trauerschmerz verhaftet, kostet der Alltag viel Kraft und auch die Rückkehr zur eigenen Freude am Leben bleibt einem über Monate und Jahre hinweg untersagt.

Mein neuer Partner S. und ich merkten schnell, dass wir die gleichen Ansichten teilten, ähnliche Einstellungen hatten und dass wir uns gegenseitig helfen konnten. Mit ihm hatte ich das Gefühl, wieder gehen zu lernen. Wir bauen uns gegenseitig auf, sind uns Stütze in diesen Situationen, die wie angeflogen kommen und in denen das Herz nur traurig sein möchte. Geteiltes Leid ist halbes Leid. Ein Verlust, den beide erlebt haben, für die der jeweilige Partner das Wichtigste im Leben war, trägt sich weitaus leichter, weil der andere genau das Gleiche durchmachen muss, wie man selbst. Man sieht, man steht nicht alleine da – »da ist jemand, der mein Herz versteht ...« (Adel Tawil).

Warte nicht, bis der Sturm vorüber ist, sondern lerne im Regen zu tanzen! Denn manchmal ist ein klares Nein zu anderen ein wichtiges Ja zu uns selbst!

Wertschätzung – Das Leben meint mich

Sich selbst vertrauen lernen

Wenn du lernen willst, dir selbst zu vertrauen, dann …
… schau dir an, wie du dich selbst ablehnst!
… sieh dir an, wie du dich durch die Tage gehen lässt!
… empör dich gegen die Missachtung deines eigenen Lebens!
… raff dich zu dem Eingeständnis auf, dass du dich selbst zu wenig ernst nimmst!
… frag dich nach deinem Selbstmitleid!
… lass die Schmerzen darüber zu, dass du es bist, der dir nicht vertraut!
… frag danach, worin du dir selbst nicht treu bist!
… frag auch danach, worin du dir treu bist!

Wenn du lernen willst, dir selbst zu vertrauen, dann …
… fang heut an, dir selbst und anderen so wenig wie möglich auszuweichen!
… weich auch nicht deinen Träumen aus, und sieh dir in deinen Träumen den Reichtum deines inneren Lebens an!
… entscheide dich dafür, das Gute in dir zu suchen!
… entscheide dich dafür, dieser Entscheidung nicht mehr auszuweichen, und sieh dir noch einmal an, wie du dich selbst jetzt behandelst!

Uwe Böschemeyer

Therapie: Finde deine Stärke

Die amerikanische Schriftstellerin Brené Brown hat jahrelange Forschungen zu den Themen Verletzlichkeit und Mut betrieben. Sie filterte für sich drei Wahrheiten heraus, die ich gut für mich selbst übernehmen kann. Sinngemäß lauten sie:

1. Stell dir vor, dein Leben ist eine Arena. Du bist mutig für DEIN Leben. Du hast immer die Wahl Nein zu sagen, aber bei einem Ja sei darauf gefasst, dass es auch blaue Flecken geben kann. Mut bedeutet, deine Komfortzone zu verlassen.
2. Bist du gescheitert mit deiner Entscheidung, zeigt das, dass du verletzlich bist. Deine Entscheidung ist keine Frage des Siegens oder Verlierens. Hier zeigt sich dein Mut, etwas anderes tun zu wollen und zu können – egal, wie das Ergebnis lautet. Verletzlichkeit ist Stärke, es ist der größte Ausdruck von Mut, den es gibt.
3. Eine Arena bedeutet auch, dass du Zuschauer haben wirst. Leute, die sich nie auf das Spielfeld wagen, die aber aus der Entfernung alles kommentieren und besser wissen als du selbst. Lass nicht zu, dass diese Randfiguren dich beherrschen – wenn jemand nicht selbst mitten in dieser Arena steht und bereit ist, sich blaue Flecken zu holen, bin ich nicht an seinem Feedback interessiert.

Zweite Chance – ich liebe mein Leben

Nach dem Tod von Swen war da zuerst Trauer – riesengroß, allumfassend, überall. Danach das Unverständnis: warum passierte uns das? Dann einfach Wut, Ohnmacht, das Gefühl, vom Universum ungerecht behandelt worden zu sein, teilweise Hass auf das Göttliche, wenn es so etwas gibt.

Nach und nach ebbten diese Gefühle ab. Was kam, war die Suche nach Antworten auf Fragen wie: Was sollte das? Warum mir? Warum uns? Warum nimmt man mir den Partner und den Kindern den Vater? WAS SOLL DAS?

Auf einmal war alles in Frage gestellt – alles musste neu überdacht werden. Der Verlust des Partners öffnet einem selbst die Augen. Entweder man krepiert daran oder arbeitet an sich. Für mich kam nur das zweite in Frage. Für mich standen auf der Liste Schlagwörter wie Selbstachtung, (Selbst-) Wertschätzung und eigene Achtsamkeit, aber auch das Überdenken von Prioritäten: Familie – Beruf im Hinblick darauf, was ich überhaupt noch erreichen möchte. Die wichtigste Frage jedoch stellte sich mir, als ich in einer Zeitschrift die Überschrift las: »Was brauche ich zum Glücklichsein?« Ja, was eigentlich …

Welches Karma wir in diesem Leben auch noch zu erfüllen haben, wir werden an dem Schmerz reifen. Wir sind in der Schwingung, daran zu wachsen und zu lernen, nicht zu kapitulieren und zu brechen.

Bedenke: Ein Stück des Weges liegt hinter dir, ein anderes Stück hast du noch vor dir. Wenn du verweilst, dann nur, um dich zu stärken, aber nicht, um aufzugeben.

Aurelius Augustinus

Therapie: Schau in deine Seele – Meditationsübung:

Setze dich auf den Boden, z. B. auf ein Yogakissen oder eine andere kuschelige Unterlage.
Du sitzt vor einem Spiegel, du solltest Dich ganz darin sehen können.
Stelle zwei Kerzen seitlich vor dir auf.
Schaue dich an, siehst du Trauer, Mitgefühl, Liebe oder auch Selbstmitleid?
Sprich mit dir und schaue in dein Gesicht, gibt es eine Veränderung?
Nimm sie bitte bewusst wahr und lasse es zu.
Tröste dich, wenn du weinst.
Lache, wenn du kannst, wie mit deiner besten Freundin.
Habe Mitgefühl mit dir.
Nimm dir die Zeit für ein Atemholen in der Stille.
Spüre, was deine Seele dir sagen will.
Erkenne es auf deinem Gesicht, fühle es in deinen Gesichtszügen.
Lass es zu.
Lass Körper und Geist wieder zusammenfinden.
Ihr seid EINS.

Nichts ist so beständig wie der Wandel

Der Tod ist nichts –
Ich bin nur in das andere Zimmer gegangen.
Ich bin ich – ihr seid ihr.
Was ich für euch war, bin ich noch immer.
Gebt mir den Namen, den ihr mir immer gegeben habt.
Sprecht mit mir, wie ihr immer mit mir gesprochen habt.
Gebraucht keinen anderen Ton –
Nehmt keinen feierlichen oder traurigen Ausdruck.
Lacht weiter über das, worüber wir zusammen gelacht haben.
Betet – lacht – denkt an mich, betet für mich.
Zuhause soll mein Name erwähnt werden,
wie es immer üblich war,
ohne jede Art der Bewunderung und ohne jeden Schatten.
Das Leben bedeutet, was es immer bedeutet hat.
Der Faden ist nicht abgerissen,
die Verbindung ist nicht unterbrochen.
Warum sollte ich außerhalb eurer Gedanken sein?
Nur weil ihr mich nicht mehr seht?
Ich bin nicht weit –
Nur auf der anderen Seite des Weges
Ihr seht – alles ist in Ordnung.

Charles Peguy

Manchmal ist es so schwer, stark zu sein

Heute hat mich die Vergangenheit eingeholt und überrollt. Eine große Leere und Traurigkeit erfüllt mich. Das Wetter tut sein übriges … Es regnet und ist grau, und das mitten im Mai. Das einzige, was ich fühle, ist einfach nur Schmerz. Ich könnte mich ins Bett legen und mir die Decke über den Kopf ziehen, möchte nichts mehr hören und sehen. Aber … die Praxis ruft. Heute muss ich funktionieren, auch wenn mein Herz etwas anderes möchte: heute möchte es traurig sein und weinen dürfen, bis es ihm wieder gut geht …

Möge der Regen die Tränen
von deinem Gesicht waschen,
die du in verzweifelten Stunden weinst.
Möge der Wind dich liebkosen,
wenn du traurig bist,
möge die Sonne dich umschmeicheln,
wenn es dir schlecht geht.
Mögest du wahre Freunde haben,
wenn dein Schmerz dir wie
ein wildes Tier das Herz zerreißt
und die Verzweiflung alle Grenzen sprengt.

Irisches Segenswort

Heute muss ich gedrückt und gehalten werden. Heute braucht es Umarmung und ganz viel Trost. S. ist da. Gemeinsam sitzen wir im Sonnenuntergang an seinem See und halten uns einfach. Nur da sein, den Tierstimmen zuhören und spüren, es trägt jemand mit für dich. Ich bin nicht alleine. All die guten Energien, die Ruhe des Wassers, die Wärme der Sonne, die Geborgenheit von S., all das sauge ich auf wie ein Schwamm und fühle mich langsam aber sicher immer ein Stückchen leichter. Danke, Universum, dass du unsere beiden Familien zusammengeführt hast.

Auf dem Nachhauseweg legte das Universum dann einfach so dieses Lied von Adel Tawil für mich auf: »Da ist jemand der dein Herz versteht«. Mein vorhin noch ganz schweres Herz, aus dem zeitweise alle Farbe und Gefühle gewichen sind, in dessen Weg sich manchmal riesengroße Steine legen und es sich gerade eben noch so alleine gefühlt hat, hat sich nach dieser kleinen Aus-See-Zeit bei S. erholt:

ich weiß, es gibt einen, mit dem ich das schaffen kann. Und der da ist, so dass unsere beiden Herzen weiterschlagen können. Und den Ruf, der durchs Auto schallt mit »Ist da jemand? Ist da jemand?« kann ich zumindest im Moment mit Ja beantworten.

Danke Universum!

Therapie: Die Glaskugel

Ich brauchte etwas, was ich neben Fotos noch in die Hand nehmen konnte, etwas, um Swen zu spüren, wenn mir vor lauter Trauer mein Herz so schwer war. So haben wir Kontakt aufgenommen zu einer Glasmanufaktur im Harz, die Andensteine herstellt. Asche und Haare des Verstorbenen können mit in diese Andenksteine eingearbeitet werden. Entstanden sind wunderschöne Erinnerungsstücke. Meine Kinder und ich durften sich jeder seine Glasfarbe wählen und dann auch aktiv die Haare und Asche in das flüssige Glas hineinlegen. So entstand für uns ein persönlicher Bezug zu unseren Andenksteinen, eine innige Verbundenheit mit Swen, ein sichtbares Zeichen von Trost und Weiterexistenz. Nimmt man seinen Andenkstein in dunklen Tagen in die Hand, fühlt man die Wärme und die Nähe, fühlt man das ganze Universum …

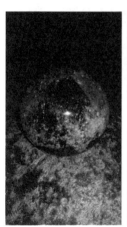  

»Das Zwischen-Zwei-Stühlen-Sitzen«

Ein Wochenende war geplant – nur wir zwei, S. und ich, ganz ohne Kinder. Mit Erholung, viel Erzählen und sich besser kennen lernen, mit Stütze sein, sich austauschen, erste gemeinsame Erlebnisse aufbauen. So kam es auch. Ein sonniges, harmonisches Wochenende, wie es schöner hätte nicht sein können, lag hinter uns. Auf dem Heimweg wurde ich immer ruhiger, denn ich wusste, nun war es bald wieder an der Zeit zum Abschied nehmen. Bei S. zu Hause ange-kommen, nahmen uns erst einmal seine Kinder in Beschlag und lenkten mich eine kurze Zeit ab. Doch dann sollte auch ich in mein Zuhause zurück. Es fiel mir so unglaublich schwer, S. zurück zu lassen, das Gefühl des »Gemeinsamen«

wieder abzustellen, da zu lassen, wegzudenken … so schwer … zurück in den Einzel-Alltag.

Abends telefonierten wir noch einmal. Das Gefühl, dass wir mehr unsere Vergangenheit mit einbeziehen müssen, war auf beiden Seiten spürbar. Manchmal reicht ja schon ein Wort, eine Melodie oder ein Duft aus, um Erinnerungen hochkommen zu lassen, meist schöne, die einen dann doch so überrollen, dass Tränen einem die Kehle zuschnüren. Unsere Lösung war, dann einfach zu verstehen geben: »Nimm mich jetzt mal in den Arm und drück mich.« So ehrlich zu sein, dass man dem anderen zeigt, wie verletzlich und gar nicht stark man im Moment ist, sich jetzt Nähe und Geborgenheit zu holen, wenn man sie braucht. Das war unser Ansatz, mit der Vergangenheit besser klar zu kommen, sie aufzuräumen, zu sortieren und damit leben zu können. Der andere weiß, wo man gerade steht und wie es einem geht.

Übrigens ist das dann auch eine Art Geschichte, die man zusammen hat. Ein paar Monate sind natürlich nichts im Vergleich zu 18 Jahren. Aber es kann wachsen durch gemeinsame Erlebnisse, und wenn es zu Anfang erst einmal solche sind – es ist völlig legitim.

Wolke 4

Auf meinen Außenpraxistouren habe ich zwischen den Terminen Zeit meinen Gedanken nachzuhängen. So liefern manche Songs Texte zum Nachdenken, zum Einweben oder Abgleich der eigenen Denkwelt, wie hier der Text von Marv & Philipp Dittberner mit ihrem Lied »Wolke 4«. Der Text bringt mich ins Nachdenken: Ja, S. und ich hatten beide schon die Wolke Nr. 7 mit unseren jeweiligen Partnern erreicht und sind durch den Verlust sehr tief gefallen. Nun arbeiten wir uns gerade wieder hoch und befinden uns vielleicht schon auf Wolke 4.

Aber wir wollen ja nicht gegenseitig die Platzhalter des anderen sein. Wichtig ist, dass wir eine eigene Verbindung zueinander aufbauen, eine selbstständige Beziehung wachsen lassen, dass auch wir aneinander und gegenseitig Lust und Freude empfinden, ohne schlechtes Gewissen. Das gelingt mal mehr, mal weniger gut.

Therapie: Die Macht der Gedanken

Setze dich bequem hin und schließe deine Augen.

Mache drei tiefe Atemzüge und gehe zum dritten Auge, deinem inneren Licht.

Lass deiner Phantasie freien Lauf. Lasse Farben fließen und spüre die Leichtigkeit, die zu dir kommt.

Atme tief in deinen Bauch.
Fühle, wie du mit jeder Atmung leichter wirst.
Begreife, wie schön und farbenfroh dein Leben sein kann.
Fühle deine innere Harmonie und deine positive Kraft.
Denn du bist der Maler und Gestalter deines Lebens.

Ausblicke – Einblicke – Lichtblicke

Auch das ist Kunst, ist Gottes Gabe, aus ein paar sonnenhellen Tagen sich so viel Licht ins Herz zu tragen, dass, wenn der Sommer längst verweht, das Leuchten immer noch besteht.

Johann Wolfgang von Goethe

Liebes Leben, fang mich ein,
halt mich an die Erde.
Kann doch, was ich bin nur sein,
wenn ich es auch werde.
Gib mir Tränen, gib mir Mut
und von allem mehr.
Mach mich böse oder gut,
nur nie ungefähr.
Liebes Leben, abgemacht?
Darfst mir nicht verfliegen.
Hab noch so viel Mitternacht
sprachlos vor mir liegen.

Konstantin Wecker

»Hätten unsere Augen keine Tränen, hätte unsere Seele keinen
Regenbogen.«

Indianisches Sprichwort

Vom Loslassen und Neuanfangen

Es klingt so leicht und ist doch so schwer. Wie gelingt der Wendepunkt, so dass das Herz wieder in den Himmel tanzen kann? Manche Neuanfänge sind geplant, manche vollkommen überraschend. So wie der Verlust unserer beiden Partner. Wir glaubten uns in sicheren Häfen und Häusern und stellten dann fest, dass ein Tsunami uns unter Trümmern verschüttet hatte. Mühsam war das Hervorkommen, die Hilflosigkeit, die einen übermannt, teilweise auch die Unfähigkeit, das Unabänderliche an- und hinzunehmen. Wir wollten nicht erstarren und in unserem

Labyrinth gefangen sein. Nicht für uns und schon gar nicht für die Kinder. Ein Weiterleben musste sein. Die Seele sollte sich wiederfinden. »Leben heißt, Veränderungen und Verwandlungen anzunehmen. Bedingungslos,« sagt Petra Urban. Denn wer das nicht akzeptiert, läuft Gefahr, krank zu werden. Mit jedem Stein, den wir beiseite räumten, stellten wir fest: »Eine Wendung ist nicht etwas, das vor dir liegt, um dich zu zerstören, sondern um dich in die größeren Bahnen des Lebens weiterzuführen«. Alles bleibt anders! Das Leben ist nach Gernot Candolini »eine konstante Einladung zur Erweiterung des Horizonts, zu einer Intensivierung des Lebens, zu einer Durchdringung. Dabei geht es gar nicht so sehr darum, ob das jetzt toll oder schön oder bereichernd ist. Sondern darum, dass das Leben tiefer wird. Das Leben ist schön und schrecklich. Der Mensch hat die Fähigkeit, beides auszuhalten. Und seinen Weg so zu gestalten, dass er der Schönheit des Lebens gerecht wird.« Denn nur, wer voller Vertrauen seinen Lebensweg geht, hält seinen Blick nach vorne gerichtet. Diese Einstellung gibt Mut und Kraft, Tiefschläge zu verdauen. Lass dich vom Strom des Lebens leiten!

Therapie: Loslassen

Die Kraft der Sonne – ist pure Lebenskraft.

Sie überwindet und heilt die Dunkelheit in dir und entfaltet ihre wahre Natur.

Sie ist voller Wärme und Lebenslust.

Bade in den Sonnenstrahlen, tanke die Wärme und das Licht.

Nimm es dankbar auf.

Lade deinen Akku, damit du bereit bist für neue Gedanken und Lebenswege.

Ich brauche Wasser …

Das Wasser gibt mir Ruhe … und Kraft … und bringt mich in meine innere Mitte. Eine Wasseroberfläche gibt mir Frieden und eine Lebensgelassenheit. Die Sorgen kann ich dem Strom mitgeben, den Wellen, die plätschernd an den Strand schlagen. Ich übergebe alles dem Strom der Vergänglichkeit. Ich lasse los – denn ich will leben und lieben.

Frage dich nicht, was die Welt braucht.
Frage dich, was dich lebendig werden lässt
  und dann geh los und tu das.
Was die Welt braucht sind Menschen, die lebendig
  geworden sind.
Howard Thurman

Therapie: Die Karten

Ich habe mich nie viel mit Kartenlegen beschäftigt, doch nehme ich immer mehr wahr, wie oft man genau die Karte zieht, die man braucht. Ich arbeite gerne mit Krafttieren. Als Wegbegleiter kann ich sie dir wärmstens ans Herz legen. Ich selbst habe das Kartenset von Steven D. Farmer. Es gibt eine riesige Auswahl an solchen Karten – nimm das, wohin es dich zieht. Wenn du dein Kartenset gefunden hast, mische die Karten gut durch, halte sie an dein Herz, atme dreimal durch und fächere sie auf. Zieh eine Karte davon und schau, welches Tier dich ein Stück des Weges begleiten möchte, welche Unterstützung es dir bringen kann. Nimm es dankbar an und freue dich auf die gemeinsame Tour.

Werde dir selbst bewusst, welche Kraft du hast.

Finde in dir die Stärke, die du brauchst.

Es ist alles da!

Reinkarnation – Der Körper stirbt, die Seele lebt weiter

In diesem Bereich versagt die Naturwissenschaft. Um Antworten darauf zu finden, müssen wir zum Buddhismus oder Hinduismus blicken. Auch im Christentum glaubt man, dass in uns etwas existiert, das unsterblich ist. Es gibt vielfältige Bezeichnungen: Geist, Seele oder Atman. Den Vorstellungen gemeinsam ist, dass es sich um eine Form von Bewusstsein handelt, die über den Tod hinaus existiert. In Untersuchungen fand man heraus, dass ein Verstorbener, bei dem Körper und Gehirn tot sind, eine halbe Stunde nach seinem Ableben im Durchschnitt 21 g leichter wurde. Das wurde dem Seelenanteil zugesprochen. Also verlässt dieses »Etwas« den Körper. In Nahtoderfahrungen erzählen die Betroffenen auch, dass sie das Gefühl hatten, ihren Körper zu verlassen und von oben die ganze Situation zu sehen und zu hören. Andere beschrieben ihre Erfahrungen als Reise durch einen Tunnel (Life after Life, Raymond A. Moody). Elisabeth Kübler-Ross sagte, dass »unser Tod nur der Tod des Kokons sei und dass wir ohne Zweifel weiterleben«. Es gibt keinen Tod. Man geht immer nur weiter, von einem zum nächsten. Ein fundierter, wissenschaftlicher Beweis lässt sich selbst mit einer Hypnosetherapie nicht erbringen. Die Wiedergeburt ist mit unseren Mitteln nicht nachweisbar. In Indien braucht man diese Nachweise nicht. In der Bhagavad Gita, einer der zentralen Schriften des Hinduismus, wird das Prinzip der Reinkarnation so erklärt: »Zum Zeitpunkt des Todes stirbt der Körper, die Seele aber stirbt nie. Die Seele verlässt den Körper und schlüpft in einen neuen – so wie ein Körper seine Kleidung wechselt. Die Seele ist auf ewiger Wanderschaft und nimmt sich eine unendliche Anzahl von Körpern, die der Seele anhängen.« Wenn also alle Lektionen gelernt und alle Themen bearbeitet sind, ist der Zeitpunkt gekommen, im großen Ganzen des Universums aufzugehen. Wir müssen lernen, den Tod als Weg zu sehen.

Therapie: Die Regenbogenreise

Der Regenbogen verbindet Himmel und Erde.
Seine sieben Farben sind die Chakren-Farben ...

Stelle dir bitte vor, du bist mit deinem Lieblingsmenschen an einem Ort, den ihr beide besonders geliebt habt und ihr schaut zum Himmel. Es gibt einen wunderschönen Regenbogen. Ihr geht dort hin, Hand in Hand.

Der Regenbogen hat große Stufen ...

Die erste Stufe ist ROT und bietet euch ein Gefühl der Sicherheit und des Urvertrauens.

Die zweite Stufe ist ORANGE und vermittelt euch ein Gefühl der Lebensfreude.

Die dritte Stufe ist GELB, hier fühlt ihr Selbstvertrauen und Willenskraft.

Die vierte Stufe ist GRÜN, dort steht ihr auf einem großen Plateau, ein Gefühl von Geborgenheit, Wärme und Liebe steigt auf ... bleibe, so lange wie du möchtest.

Die fünfte Stufe ist BLAU, du fühlst die innere Unabhängigkeit.

Die sechste Stufe ist VIOLETT und gibt euch das Gefühl von innerer Unabhängigkeit.

Die siebte Stufe ist WEISS und in glänzendem Licht.

SCHAU: dort siehst du Wolken und ein großes Tor, dort steht der sanfte, liebevolle Regenbogenwächter und wartet auf deinen Lieblingsmenschen.

SCHAU: das Tor ist ein Stück geöffnet, du kannst sehen, wie schön es ist, dort ist es grün und alles blüht, eine wohlige Wärme ist zu fühlen, es gibt weder Schmerz noch Trauer.

Nun verabschiede dich, in deinem Tempo, du kannst nochmal alles sagen, was auf deiner Seele liegt. Wenn du soweit bist, lass deinen Lieblingsmenschen gehen, der Regenbogenwärter schließt erst das Tor, wenn du dazu bereit bist.

Gehe alle Stufen wieder zurück zu deinem Ausgangspunkt und denke bitte daran, du bist nicht alleine, die Seelen können reisen …

Mein Stein-Herz

Mal wieder Wasser und Strand und Seele baumeln lassen. Was ich nicht suche und trotzdem finde sind mittlerweile Versteinerungen. Sie werden mir zugetragen wie auch dieser Stein. Ich sah ihn, vom Wasser umspült und wusste, da liegt ein Abbild meines Herzens.

Die eine Seite glatt und glänzend, weich und schmeichelnd. Die andere verhärtet, kantig, stumpf. So fühlt es sich an, dachte ich. So wird es aussehen, das, was in meiner Brust schlägt. An mir liegt es, ich treffe die Entscheidung, in welche Richtung es gehen darf. Wird alles weich und weiß und glatt oder wird es dunkel, rauh und kantig. Bald ist ein Jahr vorbei. Ein Jahr und es kommt mir vor wie gestern. Ein Jahr mit vielen Veränderungen. Aber immer mit Vorausschauen, trotz schwerer und schwarzer Momente. Ein Jahr mit viel positiver Kraft. Und ja, ich kann es schaffen, ich will es schaffen – und das Universum hilft mir das Leben so tief wie es geht zu spüren…

Die Liebe hat sich nun gewandelt:
Sie ist nun unendlich zart
und doch so stark, still
und dennoch voller Lebendigkeit,
fern, aber in jedem Augenblick gegenwärtig;
sie ist geheimnisvoll
und doch ganz klar, rein und frei
von allen Dingen dieser Welt.
Nun ist sie daheim
in der Geborgenheit des Herzens,
im Schutze der Erinnerungen:
unantastbar,
unbesiegbar,
unverlierbar.

Irmgard Erath

Have faith in what will be

Lass es dir gut gehen. Glaube an dich. Mach die Liebe zu deinem Leitstern. Die Liebe ist das, womit wir geboren sind. Die Angst ist das, was wir gelernt haben. Die spirituelle Reise bedeutet das Aufgeben oder Verlernen der Angst und das Wiederannehmen der Liebe in unserem Herzen. Alles wird gut. Vertraue darauf. Das Universum will dir helfen, zu wachsen. Es will Karma erfüllen. Es will dir helfen, groß zu werden. Tu, was du tun musst. Reife, weil du es tun sollst. Erinnere dich, weil es schon da ist. Spüre, weil es dir gegeben wird. Du kannst es – du schaffst es. Wenn nicht jetzt, wann dann?

»Was immer du tun kannst oder erträumst zu tun, beginne es. Kühnheit besitzt Genie, Macht und magische Kraft. Beginne jetzt!«

Unbekannt

Die Karl-May-Festspiele

Eine Reise zurück, in die Zeit der Indianer. Zwar nur im Rahmen einer Aufführung, aber dennoch ist man für Momente fasziniert und eingebunden, gefangen zwischen Gut und Böse, Geflüster und Geschrei, Stille und Explosionen. Im Mittelpunkt: Kampf um Liebe und Gerechtigkeit, um Empathie und Ablehnung. Zurück im eigenen Leben zeigen sich die gleichen Themen mit neuer Besetzung – um in der Theatersprache zu bleiben: gleiches Spiel, neue Schauspieler.

Doch was wäre eine Theateraufführung ohne Happy End, ein Liebesfilm ohne romantischen Sonnenuntergang. Und so sieht man Winnetou am Ende auf seinem Pferd und das Publikum lauscht dem Satz, den er dem Wind übergibt:

»Die Kraft der Liebe ist die stärkste, die Manitou je schuf. Sie lässt die Herzen schmelzen, wie die Strahlen der Sonne den gefrorenen Fluss am Ende des Winters. Und sie lässt die Augen leuchten, heller als die Sterne am großen Dach über der Prärie. Wir alle tragen diese Kraft in uns, tief in unserem Herzen.«

Karl May

Wieviel Wahrheit darin liegt, erfahre ich jeden Tag. Wenn ich meine Jungs anschaue, bin ich stolz darauf, ihre Mutter sein zu dürfen. Ich liebe sie über alles auf der Welt. Sie tragen Swens Leuchten in sich, auch, wenn sie jetzt noch klein sind und nicht alles fassen können. Auch sie sind Teil des Universums, Teil der Lebensaufgabe, die mir gegeben wurde. Sie wachsen und gedeihen zu sehen, erfüllt mich mit unsäglicher Liebe und Herzenswärme. Ich weiß, zusammen können wir alles auf dieser Welt meistern. Sie tragen ihren Vater in sich, seine Wärme und Besonnenheit, seine blauen Augen, viele seiner Fertigkeiten, sein Lachen und seine Liebe … dass es für ein ganzes Leben reicht.

»Die Menschen sind wie bunte Glasfenster: sie funkeln und leuchten, wenn die Sonne scheint; doch nach Anbruch der Dunkelheit wird ihre wahre Schönheit nur offenbar, wenn sie ein inneres Licht haben.«

Elisabeth Kübler-Ross

Therapie: Finde deine Seelenmusik

Bist du innerlich aufgewühlt und weißt weder ein noch aus? Suche dir die Musik, die deine Seele und dein Herz beruhigt. Ich fand auf meiner Suche die Klaviermusik von Dirk Reichardt, Piano stories II. Bei »Love hurts« oder »Blackbird« wird mein Inneres ruhig und meine Stagnation bricht auf.

Also trau dich – Musik verbindet nicht nur Herzen, sondern auch Welten!

Unser erster Jahrestag ohne dich –
oder Ebbe und Flut

Man schreibt den 12. August 2017 – unser 19. Jahrestag wäre es heute. Der erste ohne dich und leider auch nicht der letzte. Der Himmel weint, genauso, wie ich es innerlich tue. Ich habe eine Kerze für dich angezündet, für uns. Und habe eine Karte gezogen, für dich. Eine Botschaft von dir an mich. Und was findet sich darin: OZEAN – das weite Meer, das kühle Nass, die tosende See – DU. Der erste Satz im Begleitheftchen vermittelt mir die Wahrheit: »Das Kommen und Gehen des Lebens zeigt sich nirgends deutlicher als in den Gezeiten des Meeres.« Es ist ein stetes Auf und Ab mit der

Trauer um dich. Mal nimmt sich die Seele Urlaub und kann lachen und fröhlich sein, mal ist da nur Trostlosigkeit, eine Leere und Abgestorbenheit, so wie heute. Doch nach jeder Ebbe kommt die Flut, kommt die Kraft, kommen das Leben und die Liebe zurück. Ein wichtiger Aspekt ist es, mit den Gezeiten unserer Emotionen mitzugehen, ohne uns von ihnen gefangen nehmen zu lassen. Wir müssen uns nicht von einer bestimmten Stimmung oder Gefühlslage beherrschen lassen. Es gibt Zeiten für Trauer und es gibt Zeiten fürs Lachen und es darf sich von einer Minute zur anderen verändern. Es darf alles sein, so lange es sich für einen selbst richtig anfühlt.

Für unseren ersten Jahrestag ohne dich habe ich mir eine Zeremonie für uns überlegt. Ich werde ans Wasser fahren und deine Asche und deine Haare dem Meer übergeben. Wasser ist unser beider Element: mal ruhig und glatt, mal stürmisch und aufbrausend. Und so bist du in jedem Gewässer, in jeder Pflanze und jedem Lebewesen für mich gespeichert. Deine Information finde ich überall. Wenn ich dich brauche, bist du für mich da, mein Matrose, mein Seebär.

Was du liebst, lass frei. Kommt es zurück, gehört es dir
für immer.

Konfuzius

Therapie: Auszeit

Nimm dir Auszeiten an den Tagen, an denen du einen Jahrestag mit deinem Partner gehabt hättest, an seinem oder ihrem Geburtstag, an seinem oder ihrem Todestag. Nimm dir frei. Plane es, trag dir Urlaub ein. An diesem Tag konzentrierst du dich ganz auf das, was das Universum dir sagen möchte, das, was dein Partner dir für deinen weiteren Lebensweg mitgeben möchte. Diese Tage sind wichtig.

Fahre an einen Platz, wo du deinem Partner nahe bist, ans Wasser, in die Berge, spüre der Energie nach, die immer noch auf dieser Welt und in deinem Herzen ist.

Gib dich deinen Gefühlen hin. Weine, wenn dir nach weinen zumute ist, lache, wenn du dich freust, deinen Partner so nah zu spüren, oder sei einfach nur da – im Hier und Jetzt. Es ist wichtig, dass du dich fühlst, dich wahrnimmst. Aber beobachte auch die Natur. Was sendet sie dir? Welche Kraft, welche Boten finden den Weg zu dir? Nimm es dankbar an. Trage es im Herzen als kostbares Gut. Etwas, das nur für dich gemacht ist, nur dir gegeben ist. Bewahre es – es ist für immer dein!

Schwerelos – das Juli-Konzert

Ich musste raus. Schulferien und die Kinder waren weg, das Haus leer, alle Tiere versorgt, alle Arbeitsprojekte erledigt. Und jetzt durfte ich sein – eine Belohnung. Ich brauchte den Groove – ich brauchte Schwingung im Kopf und den Bass im Bauch – ich musste raus. Nach Kappeln sollte es gehen, auf die NDR Sommertour zum Juli Konzert. Abends, um 19.30 Uhr entschied ich mich spontan aufzubrechen. In der knappen Stunde Anreise begleitete mich ein Regenbogen, die ganze Zeit. Ich fuhr immer auf ihn zu, als wenn sich alle »da oben« mit mir freuten. In Kappeln angekommen, ließ ich mich ein auf die Menschenmenge. Ich genoss den Strom, den Strom von Leben, Eindrücken und Impulsen, von

Stimmungen und Gerüchen, Gesichtern und Mündern. Direkt am Wasser war die Bühne aufgebaut. Nach zwei Vorbands kam um 21.30 Uhr pünktlich Juli an den Start. In der 5. Reihe hüpfte, tanzte und sang ich mit. Und es fühlte sich so richtig an – es ist nicht verboten, glücklich zu sein – ich liebe dieses Leben …

Therapie: Lebensfreude

Wer Schmetterlinge lachen hört,
der weiß, wie Wolken schmecken,
der wird im Mondschein ungestört
von Furcht die Nacht entdecken.
Der wird zur Pflanze, wenn er will,
zum Tier, zum Narr, zum Weisen
und kann in einer Stunde
durchs ganze Weltall reisen.
Er weiß, dass er nichts weiß,
wie alle anderen auch nichts wissen,
nur weiß er, was die anderen
und auch er noch lernen müssen.
Wer in sich fremde Ufer spürt
und Mut hat sich zu recken,
der wird allmählich ungestört
von Furcht sich selbst entdecken.

Carlo Karges

68

Kompliment

Wir alle kommen auf die Welt mit einer Lebensaufgabe. Wenn man diese erst einmal gefunden hat, ist man nicht mehr so sehr daran interessiert, wie man aussieht, sondern was man ausstrahlt: Ruhe, Gelassenheit, Frieden und Liebe. Dieses nette Kompliment und diese spürbare Veränderung fielen meiner Schwester auf. Meine Seele hat, trotz so viel Schmerz und Leid, ihre heitere Gegenwärtigkeit gefunden, ein gütiges und mitfühlendes Herz voller Frieden ist erwacht. Jetzt weiß ich, was es bedeutet, in sich selbst zu ruhen. Vorher waren wohl andere Dinge lauter, jetzt bin ich innerlich leise genug, um mich selbst wahrzunehmen, um mich mit allem zu verbinden.

Mit dem Leben im Fluss sein, bedeutet, ausgeglichen zu sein und sich voller Vertrauen dem Leben hingeben können.

Wenn Frieden in dir herrscht, strahlst du ihn aus, und Frieden wird die Antwort sein: ein Raum, in dem Furcht und Angst nicht existieren können.«

Karina Wagner

Kein Selbstmitleid – Gaya ist da

Was bin ich nur für ein armer Tropf. Mein Ego leidet. Ich bin einsam. Ich möchte mich nur noch verkriechen, mir die Bettdecke über den Kopf ziehen und nicht aufstehen. Ich ertrinke gerade in Selbstmitleid. So kenne ich mich nicht! So nicht, meine Liebe … Ein Heilmittel muss her, ein sofort wirksames. Damit meine ich nicht simple Ablenkung, das ist eher ein Trugmittel. Nein, ich brauche etwas für mein Inneres.

Es ist eine alte Weisheit, dass wir das bekommen, was wir uns wünschen. Also wünschte ich mir Gesellschaft. Mein Weg führte mich in unseren Garten. Eine bunte Blumen- vielfalt erstrahlte vor meinen Augen, die Bienen summten, die Hummeln brummten, die Ameisen wuselten über den Weg. Ich war nicht alleine! All dieses Sichtbare in Tier- und Pflanzenwelt nahm mich in die Arme und wiegte mich. All das, was ich nicht sehen, aber fühlen konnte, gab mir Geborgenheit. Ich verband mich mit der Natur, Mutter Erde, Gaya – und es war alles da: Vertrauen, Begleitung, Liebe, Geborgenheit, Eins-sein ... wie kam ich jemals darauf, alleine zu sein?

In liebevollem Betrachten sind die Zusammenhänge im Leben erkennbar. Wenn wir alles lichtvoll und sinnerfüllend betrachten, sind wir in der Lage, alles zu verstehen und können unsere Unsicherheit und Einsamkeit loslassen. So kann auch zunehmend Vertrauen in alles Sein erwachen, wie auch der Mut, das Leben mit neuem, liebevollem Gedankengut und gesunden Verhaltensweisen anzugehen. Im veränderten Handeln kann erst das Loslassen des Vergangenen stattfinden, die Liebe und das Vertrauen sich stärken und Heilung geschehen.

Therapie: Höhere Schwingung

»Die äußerlich wahrnehmbare, sichtbare Welt gehört zu der unsichtbaren, die mit ihr zusammen ein Ganzes bildet.«

Rudolf Steiner

Jeder von uns trägt das Licht des Universums in sich – jeder ist ein Teil des Ganzen. Wir sehen in unserer Beschränktheit nur das dreidimensionale, aber es gibt noch viel mehr zu erforschen, zu erspüren, zu hören, zu riechen.

Eine Frau, die ich kennen lernen durfte, ist Christina von Dreien – ein Schweizer Mädchen, das mit einer Bewusstseinserweiterung und einer immens hohen Schwingung auf diese Welt kam: dadurch ist sie nicht nur hellsichtig und hellfühlig, sondern kann auch mehrere Dimensionen wahrnehmen.

Nimm ihr Buch, vertiefe dich in ihre Worte, es wird dir helfen, vieles, was wir jetzigen Menschen nicht fassen können, zu verstehen und zu vielen Fragen Antworten zu finden. Lade deine Seele ein, Christina live zu erleben – du wirst sie voller Licht und Liebe verlassen.

You can always begin again

Wer bekommt schon eine zweite Chance im Leben? Nicht viele, oder? Sei es nach einer schweren OP, nach einer aussichtslosen Krankheit oder nach dem Verlust des Partners. Was verändert sich für diese Menschen? Die Lebenseinstellung, ihre Denkprozesse, ihr Ego, der Blick auf die Welt. Hoffentlich – auf jeden Fall gehört dazu, nicht so weiterzumachen wie bisher. Häufig sind es doch die Krisen, schwierige Zeiten, die uns wachrütteln, in unserer Entwicklung weiterbringen. Es geht darum, zu erkennen, dass wir dieselbe Energie, mit der wir uns in solchen Phasen als Opfer sehen und leiden, dazu nutzen können, um uns selbst zu finden! Unser menschlicher Geist ist etwas Wunderbares, besitzt ein grenzenloses Potential. Wir können jederzeit eine neue Wahl treffen, darin liegt unsere größere Macht und

Kraft. Was uns daran hindert, dies zu tun, ist die Angst vor unserer eigenen Größe. Denn wie sagt Waldo Emerson: »Was hinter uns und vor uns liegt, ist nichts, verglichen mit dem, was in uns liegt.« Statt also nur auf das Äußerliche zu blicken – auf das Vergangene und das Ungewisse – können wir auch in uns Stärke sammeln, Freude schöpfen und Freiheit finden.

Therapie: »Lass einfach los« – angelehnt an Therapien von Gabrielle Bernstein

Um dein Verhalten zu ändern, musst du deine Gedanken ändern. Nur, wenn du deine schädlichen Muster erkennst, und bereit bist, dich davon zu trennen, kommt etwas in Bewegung. Dazu dient diese Affirmation: »Ich verpflichte mich, meine negativen Gedankenmuster loszulassen. Ich wähle Friede und Lebensfrohsinn.«

Die Grundübung:
Einatmen – ich verpflichte mich, meine negativen Gedankenmuster loszulassen.
Ausatmen – ich wähle Friede und Lebensfrohsinn.

Sage dir diese Affirmation mehrmals täglich: im Bad beim Zähneputzen, wenn du an der Kasse im Supermarkt oder an einer Ampel stehst. Trage einen Zettel mit der Affirmation bei dir. Auch das vertieft deinen Wunsch und stärkt dein Bewusstsein. Um ein ausgeglichenes Leben führen zu können, ist es wichtig, sich körperlich und mental zu verändern. Dein Körper kann nicht in sich ruhen, wenn deine Gedanken das Boot ständig zum Schaukeln bringen.

Eine weitere Übung kann im Sitzen stattfinden. Setze dich auf einen Stuhl, die Füße fest auf dem Boden und stell dir vor, dass aus deinen Füßen Wurzeln in die Erde ziehen. Deine Beine sind wie Baumstämme, die tief in der Erde verwurzelt sind. Du sitzt gerade, beide Seiten sind ausgeglichen. Du bist geerdet und ruhig. Jetzt lausche den Stimmen in deinem Kopf. Lass sie zu dir durchdringen. Reagiere auf keinen Gedanken, lass sie einfach kommen und gehen. Diese Gedanken brauchen dich nirgendwohin zu bringen. Sie können einfach bei dir sein. Während du auf diese Stimmen in deinem Kopf hörst, erlaube dir, in die Gefühle hinein zu atmen. Erlaube diesen Gedanken und Gefühlen, durch deinen Körper in die Erde zu fließen. Schlechte Gedanken darfst du an die Erde übergeben, damit sie gereinigt werden und durch Liebe ersetzt werden können. Wenn du willst, kannst du jeden Gedanken loslassen. Kein Gedanke stört dich! Du bleibst geerdet und im Gleichgewicht.

Atme Gelassenheit ein.
Atme Frieden aus.
Atme Gleichgewicht ein.
Atme Freude aus.
Atme Ruhe ein.
Atme Entspannung aus.

Sag diese Worte: Ich bin ruhig. Ich bin im Gleichgewicht. Ich bin gelassen.

Diese kurze Meditation kannst du immer machen, wenn du dich aus der Bahn geworfen fühlst. Es bringt dich wieder auf deinen Weg und hilft dir die innere Ruhe und Gelassenheit wieder zu finden.

Jetzt ist ein Jahr um …

Die Tage davor ging es mir wirklich schlecht. Da war nichts gut, nichts okay, nichts in Ordnung. So viele Gedanken, so viele Emotionen – alles überflutete mich. Selbst Ablenkung brachte nichts. Diese Gefühle wollten gelebt werden, wollten durchstanden werden. Okay, dachte ich … dann Augen zu und durch. Stell dich – trau dich. Aber ich wollte auch eine Forderung stellen: »Wenn es dich, Swen, da draußen noch immer gibt, dann gib mir doch mal ein Zeichen an diesem Tag. Im letzten halben Jahr hast du mir noch keine einzige Sternschnuppe geschickt.« Irgendwie war ich schon enttäuscht, ja, sogar am Zweifeln, ob man sich das vielleicht doch alles nur ausgedacht und schöngeredet hat? Das Aufstehen an diesem Tag fiel leichter als gedacht, leichter, als an all den anderen Tagen zuvor. Mein Herz war leicht und ich fühlte mich geborgen auf eine unbekannte Art und Weise. Und wie sollte es anders sein – natürlich kam ein Zeichen. Ich hatte mir heute morgen frei gegeben. Ich wollte mit dem Universum, Swen und mir alleine sein. Kaum waren alle aus dem Haus, braute sich ein Gewitter zusammen, um sich nach 15 Minuten Gegrummel in einem kurzfristigen Stromausfall zu entladen – zwei Sekunden stand alles still – dann ging das Licht wieder an und der Kühlschrank nahm sein Gebrumme wieder auf. Ich habe es verstanden – du musst nicht böse sein. Klar bist du da …! Wie konnte ich nur daran zweifeln. Und den Regenguss just auf den zehn Metern zum Auto hättest du dir auch sparen können! Wie kann man den Regen auf zehn Meter an- und ausstellen …? Und die Intensität ebenfalls …? Danke für die nassen Kleider. Meine Forderung hatte sich echt gewaschen … aber manchmal braucht es vielleicht einen Rums!

Wenn ich so zurückblicke, verging das Jahr wie im Fluge. Was hat sich geändert? Ich mich – auf jeden Fall. Ich habe andere Prioritäten, sehe viele Dinge aus einem anderen Blickwinkel, habe mehr innere Ruhe und Gelassenheit erlangt. Ich weiß, was mir gut tut und habe mich von Personen und Dingen verabschiedet, die es nicht tun. Ich bin klarer in dem, was ich möchte, und kann es einfordern und genießen. Es findet sich Zeit für die kleinen Dinge im Leben, die wichtigen Dinge: einem Marienkäfer beim Starten zuzusehen, die Regentropfen zu beobachten, wenn sie aus einer undichten Regenrinne tropfen und Muster in den Sandboden zeichnen – ich habe gelernt, die Minuten bewusst wahrzunehmen.

Ich bin ausgestiegen, ich mache nicht mehr mit. Ich

möchte mich erinnern. Ich möchte die Momente festhalten und mir bewusst machen, ich möchte sie spüren können, auch wenn sie schon vorbei sind. Denn das macht doch das Leben aus: Momentaufnahmen, festgehalten im Gedächtnis in Worten, Bildern, Gerüchen, um dann von ihnen in den kommenden Wintern zu zehren, sie zu erzählen und sie an die Kinder weiterzugeben. Wie früher: Geschichten erzählen und Weisheiten weitergeben am Feuer, weg von Technik und Multitasking.

»Fang jetzt zu leben an und zähle jeden Tag als ein Leben für sich.«

Seneca

Der letzte Gruß – 5 Schwäne und 3 Kormorane

Als letztes Zeichen, dass es dir gut geht, dass du auf uns aufpasst und immer deine schützende Hand über uns hältst, hast du mir fünf Schwäne und drei Kormorane gesendet. Es war dein Abschiedsgeschenk – an mich. Seit dieser Zeit ist es ruhig geworden, doch ich weiß immer, dass du da bist.

Der Schwan steht für den geflügelten Boten tiefer Gefühle. Er gilt als Bote der ewigen Liebe. Deine Liebe zu mir währt ewig, über den Tod hinaus. Danke, dass du mir meinen neuen Weg zeigst und mich begleitest und geleitest. Ich nehme mir von deinem gesandten Krafttier auch die Kraft zur Verwandlung mit: Die Aufforderung durch echten Wandel zu neuer Schönheit zu finden und sich dem Wunder des Lebens neu hinzugeben, Altes loszulassen und einzutauchen ins Neue. Mit der Numerologie, die der Zahl 5 zugrunde liegt, schützt du mich gleichzeitig vor allem Bösen. Ich danke dir von Herzen.

Ebenso gabst du mir mit den drei Kormoranen die Gewissheit, dass alles richtig ist, so, wie es kommt: »Im für dich perfekt richtigen Moment wird das für dich perfekt richtige in wundersamer Art und Weise geschehen und sich lichtvoll und freudig manifestieren. Schwebe, gleite und sei voller Freude und voller Liebe. Alles ist gut und alles wird allzeit gut sein. So ist es.«

Ich danke dir, mein Swen.

Epilog von Gabi Heuser

Der neue Lebensweg, den du gehst, ist noch so jung und unverbraucht, doch trägt er auch die Schwere der Vergangenheit.

Im Loslassen liegt die einzige Sicherheit, die Vergangenheit in Liebe und in Klarheit gehen zu lassen: Schmerz zu fühlen statt zu denken, ihn zu akzeptieren statt zu kämpfen. Denn »Liebe ist die Schönheit der Seele.«

In dir erwächst eine Kraft und Stärke, du spürst deine Mitte und den Gleichklang deiner Seele, es ist Zeit, einen neuen Lebensweg zu gehen. Lass mutig Licht in dein neues Leben hinein. Trau dich – das ganze Universum ist auf deiner Seite.

Literatur:

Sergio Bambaren: Ein Strand für meine Träume.
Piper Verlag
Gabrielle Bernstein: Du bist dein Guru: 108 Hilfen für ein
wunderbares Leben. Scorpio Verlag
Uwe Böschmeyer: Das Leben meint mich. Meditationen für
den neuen Tag. Ellert & Richter Verlag
Brené Brown: Laufen lernt man nur durch Hinfallen:
Wie wir zu echter innerer Stärke finden. Kailash Verlag
Gernot Candolini: Wendepunkte des Lebens.
Dem eigenen Weg vertrauen. Claudius Verlag. 2017.
Paul Coelho: Der Alchimist. Diogenes Verlag
Waldo Emerson: Gedanken. Anaconda Verlag
Dr. med. Lothar Hollerbach: Es gibt keinen Tod.
Allegria Verlag
Elisabeth Kübler-Ross: Sterben und Leben lernen,
Antworten über den Tod und das Leben.
Silberschnur-Verlag
Elisabeth Kübler-Ross: Was der Tod uns lehren kann.
Knaur Verlag
Helen Schucman, William Thereford:
Ein Kurs in Wundern. Greuthof Verlag
John Streckely: Das Café am Rande der Welt. dtv Verlag
Haemin Sunim: Die schönen Dinge siehst du nur,
wenn du langsam gehst. Scorpio Verlag
Dr. Raymond A. Moody: Life after Life. Rider Verlag
Oriah Mountain Dreamer: Die Einladung.
Goldmann Verlag
Eva Terhorst: Alleine weiterleben. Herder Verlag

Petra Urban: Mein Herz tanzt in den Himmel.
Vom Loslassen und Neuanfangen. Vier Türme Verlag
Konstantin Wecker: LIEBES LEBEN, 1981 © Fanfare
Musikverlag / Sturm & Klang Musikverlag
Richard Wilhelm: I Ging – Das Buch der Wandlungen.
Anaconda Verlag
R. L. Wing: Das Arbeitsbuch zum I Ging. Goldmann Verlag

Weitere Quellen:

http://www.schamanische-krafttiere.de/
http://www.wikipedia.de

Fotoverzeichnis:

Privat: Seiten 11, 64, 74
Tim Jacob Hauswirth: Seiten 17, 23, 26, 35, 39
Janus Thorge Hauswirth: Seiten 36, 56
Gabi Heuser: Seite 49
Oleg Kovtun Hydrobio (Shutterstock.com): Seite 81
Pixabay.com: Seiten 15, 16, 22, 31, 40, 42, 44, 46, 50, 52, 58,
   59, 62, 66, 68, 69, 71, 78, 80, 82

Inhalt